삶의 항로

이정원 시집

시음사
시사랑음악사랑

QR코드

스마트폰으로 QR 코드를 스캔하면
시낭송을 감상할 수 있습니다.

본문
시낭송
감상하기

제목 : 봄날 향기
시낭송 : 박영애

제목 : 일출
시낭송 : 김금자

제목 : 봄을 알리는 그대
시낭송 : 김금자

제목 : 그네
시낭송 : 박영애

제목 : 텃밭 추억
시낭송 : 박영애

제목 : 장맛비에 젖은 그리움
시낭송 : 박영애

제목 : 시계탑
시낭송 : 박순애

제목 : 황금빛 들녘에서
시낭송 : 김락호

제목 : 구절초
시낭송 : 박남숙

제목 : 나팔꽃
시낭송 : 박영애

제목 : 영원할 사랑
시낭송 : 최명자

제목 : 그리움
시낭송 : 박영애

제목 : 삶의 항로
시낭송 : 박영애

제목 : 어머니의 연주
시낭송 : 박영애

제목 : 마라톤 인생
시낭송 : 박영애

제목 : 인공지능 알파 詩
시낭송 : 박영애

제목 : 데칼로그
시낭송 : 박영애

제목 : 제야의 종소리
시낭송 : 박영애

시인은 자연을 이야기하고
시낭송가는 자연을 품었다.
글자는 날개를 달아 언어로 날고
소리는 자연에 눕는다.

시인의 말

20여 년간을 병원에서 물리치료사로 일하면서 소망이었던 시집 출간이 발하는 순간이다. 부모님의 사랑을 표현한 '영원할 사랑'(시집 3부 수록) 외 여러 작품으로 개인 시집을 출간하게 되어 감개무량하며 시집을 통해 진실한 기독교 신앙을 고백할 수 있어 설레기도 하지만, 소태같이 쓰디쓴 삶의 항로를 여행하는 모든 이들에게 화톳불 같은 위로와 격려를 선물합니다.

정제된 언어로 울림을 전하는 詩를 선물하려는 마음의 시집은 자연의 변화무쌍한 사계절 아름다움을 표현하려고 한 구절마다 고뇌하며 독자들 일희일비한 삶에 희망을 전하는 시집이기를 바라는 마음으로 집필에 몰두했으며 창작의 고통이 뭉클하게 저미는 시를 나열하였으나 아직, 정제되지 않은 투박한 글인지라 계절의 감성에 맞춰 혜량해 주시기 바랍니다.

언제나 힘이 되고 응원해 주시는 사랑하는 부모님, 진료에 여념 없는 친형 이준원 의사 그리고 사랑하는 아내, 자녀(이삭 이사야)와 시집 출간의 기쁨을 함께하고 싶습니다. 문학 활동을 하면서 시집 출간에 많은 격려와 배려를 아낌없이 해주신 김재덕 시인 작가님, 가울문 문우님들, 김락호 이사장님과 출판사 관계자분들, 대한시낭송가협회 박영애 회장님께 깊은 감사를 전합니다.

독자 여러분 삶 속에 제 詩가 녹아들어 기쁨과 행복이 가득하길 바라면서 인사말 가름합니다.

시인 이정원

* 목차 *

1부 봄날 향기

* 목차 *

2부 여름이 좋다

* 목차 *

3부 가을 단상

* 목차 *

4부 겨울 덕유산에서

* 목차 *

5부 데칼로그

1부 봄날 향기

스쳐간 향기가 추억의 파도에 묻혀 버린다

해도 마음 깊숙이 남겨두렵니다.

봄날 향기

아침을 알리는 향긋한 봄날
입안에 새콤달콤한 사탕처럼
머무는 그대 얼굴 떠오릅니다

잊기가 싫어서
하얀 백지에 스케치해 보고
내 마음 도화지에 그려 봅니다

사랑하는 그대가
저 멀리 있다 생각했지만
언제나 늘 내 마음속에 있었습니다

그대 스쳐 간 향기가
지난 추억 속 파도에 파묻혀도
마음 깊숙이 남겨두렵니다

매일 심장 두드리며
내 곁에 항상 머무는 그대
뜨겁게 차오르는 가슴 안고
푸르른 들판 다시 걷고 싶습니다.

제목 : 봄날 향기
시낭송 : 박영애
스마트폰으로 QR 코드를 스캔하면
시낭송을 감상할 수 있습니다.

삶의 향로   10

봄 처녀

봄 처녀 미소짓는
그대 얼굴 떠오른다

찬란히 빛나는
꿈같은 시간 보내고

상큼한 꽃내음 풀풀
느지막이 열차가 떠나기 전
사월의 은은한 향수에 머문다

발그레한 홍조 띤 얼굴
아름다울 수밖에 없는 봄날에

그대와 함께라면
모든 순간이 꿈결 같겠다.

봄 향기

햇살은 따사롭고
봄바람
살랑살랑

뒷산에 노루귀가
살포시 고개 든다

그윽한 봄의 향기가
내 감성을
흔든다.

새해 단상

새날을 알리는 새해 아침이 밝았다

제야의 종소리가
희망을 전하는 파랑새 되어
비상의 나래를 펼치듯 훨훨 날아간다

흰 눈 소복이 쌓여도
발그레한 동백꽃이 활짝 미소짓듯
내 인생 멋지게 피고 싶다

새해에는
소가 여물을 되새김질하듯
삶의 사연들 구절구절 곱씹어 보며
시간이 흐를수록 깊어지는
생기 있는 감동의 시를 쓰고 싶다

일출을 바라보며
진실하고 감사한 기도의 마음으로
새해를 올곧게 맞이하련다.

일출

만경창파 일렁거리는 파도 소리
수평선에 타오르는 붉은 기상
새해 시간을 거슬러 태양이 솟는다

숭고한 자연의 이치와
새해에 펼쳐질 무수한 명상들로
머릿속의 심장 박동수가 거세진다

경건하게 고단함 떨치며
지나간 세월을 파도에 띄워놓고
모래사장에서 소망을 심는다

희망 사랑을 손가락으로 그려놓고
썰물에 쓸려가지 않게
그 갈망을 숙연하게 꾹꾹 다졌다.

어제오늘 내일도
변함없이 떠오르는 태양이지만
오늘은 가슴 뭉클하게 꿈틀거린다.

제목 : 일출
시낭송 : 김금자
스마트폰으로 QR 코드를 스캔하면
시낭송을 감상할 수 있습니다.

무지개 희망

고요히 깊어가는 밤
따뜻한 커피 한잔 마시며
깊은 사색에 잠기니
마음속에 한 줄기 소망 꽃이 핀다

주어진 시간을 소중히 여기며
탐스러운 열매를 맺듯
영글어 가는 무지개 희망이
눈앞에 아른거린다

나의 찬란했던 꿈들이
흘린 땀의 방패로
더 나은 날을 위하여
오색빛깔 희망을 노래한다.

작별 인사

혹한도 동면하는지 잠잠해지고
끝자락에 돋아나는 새싹들이
주춤거리듯 싹을 틔운다

경칩에 나뭇가지에도 새순이 오르고
땅속에서 쥐죽은 듯하던 개구리가
느닷없이 꿈틀거린다

겨울과 이별할 시간이 다가온 걸까

사계절의 첫 시작인지
샛노란 개나리꽃이 아장거리고
벚꽃 진달래는 질세라 수줍게 피어난다

따사로운 햇살을 맞으며
가벼운 차림으로 꽃구경하는 사람들
봄동 겉절이 냉이된장국 음미하며
봄 향기를 만끽한다

이젠, 정말 작별을 고해야 하는데..

민망해하던 찬바람은

인사도 없이 아지랑이 속에 숨어버리고

겨울옷은 세탁소에 마실 간단다.

봄을 알리는 그대

눈 부신 햇살이 가득한 봄날
보드레한 연분홍빛 한 아름 품고
봄 향기로 유혹하는 그댈 바라본다

봄바람의 시샘도 아랑곳없이
가지마다 흐드러진 꽃잎은
다정한 손짓으로 내 마음 흔든다

그대의 어여쁜 자태에
어찌 이리 설렜는지
왠지 모를 웃음이 절로 나지만

봄소식 전한다며
왁자지껄 여기저기 소문내는
그대 이름이 궁금하다

이 아름다운 봄날에
바람 따라 훌쩍 가버린다 해도
그댈 미워하지 않을래

은은한 봄날이 다시 온다면

끔찍이 아끼는 이들에게 묻고 물어

버선발로 반기리라.

제목 : 봄을 알리는 그대
시낭송 : 김금자
스마트폰으로 QR 코드를 스캔하면
시낭송을 감상할 수 있습니다.

사월의 밤

발그레 봄날들이
찬란히
흐르건만

황당한 코로나에
그림의 떡이로다

마지막 사월의 밤엔
두견새도
울겠지

신호등

한 걸음 한 걸음씩 내디딘다

신호등을 바라보며
내 곁으로 다가오는 그녀

마음의 발자국이
그녀에게 달음박질한다

나를 보고 손을 휘휘 저으며
반갑게 걸어오는 그녀

먼 거리인데도
그녀의 발자국 소리
눈 감아도 눈을 떠도 알 수 있다

그녀는 알까
그댈 기다리는 내 마음을..

말없이 미소만 지어도
알 수 있는 우리 사이 같은데

그녀도 그럴까?

사랑이 머물 때

그대 가슴에
내 영혼이 깃든 어여쁜 꽃향기가
활짝 피어났으면 좋겠어

꽃비가 내리는 봄날에
그대와 손을 꼭 잡고
질펀한 땅을 밟고 강마저 건너고 싶어

숲속과 심연 속에서도
정감 어린 눈빛 주고받으며
마음껏 사랑을 속삭이고 싶어

우리 마음 깊고 깊을 거야

그대 사랑스러운 가슴에 내가 머물고
해무가 포근한 햇살에 줄행랑놓을 때쯤
청명한 가을날 구름처럼 떠다니며
자유와 사랑을 누릴 수 있다면

우린, 얼마나 좋을까?

경자년

녹녹지 않은 삶에
인생이
가냘프다

경자년 힘겹지만
이 또한
지나기를

한반도 민족의 기상
슬기롭게
버티리

그네

고운 치맛자락 나풀대며
멋들어지게 그네 타는 춘향이 자태가
남원 광한루에 하늘거린다

그 모습에
가슴 달아오른 한양의 이 도령
오작교를 잇는 방자가 애꿎었으리라

아련한 사랑이 빨간 물감처럼 번지고
청춘 가마의 운명적 언약은
끝내 면류관 끝자락에 만났다

꽃바람 따라온 수줍은 그녀
조갯살 바지락 산낙지 연포탕
오돌토돌 회무침 진수성찬 차려놓고
어여삐 날 기다리는 정성 갸륵하다

요즘 날
진실한 사랑이 멀다 하지만
내 인생 청춘은 바로 지금부터다.

제목 : 그네
시낭송 : 박영애
스마트폰으로 QR 코드를 스캔하면
시낭송을 감상할 수 있습니다.

살기 좋은 아파트

싱그러운 아침 햇살
해맑게 웃는 푸른 하늘
자연의 숨소리 들려온다

사랑과 행복이 풍성한 아파트
눈앞에 호수 공원 펼쳐지고
맑은 공기 들이마신다

회백색 수피 입은
백송 나무 인사하고
영롱한 빛깔 영산홍 향기
바람결 따라 속삭인다

살기 좋은 아파트

아이들 까르르 웃음소리
이웃이 산책하며 소통하는 아파트
도란도란 소담 나눈다

해 질 녘 붉은 노을
아름다운 추억 되새기며
축복의 노래 부른다.

텃밭 추억

새벽녘의 맑은 공기 마시며
흙내음 물씬한 텃밭을 걷는다

정성스레 가꾼
도톰한 깻잎과 알싸한 고추에
영롱한 이슬이 맺혀있다

하루의 소중함을 느끼며
올곧게 살았던 향기롭던 청춘은
세월의 뒤안길에서 머뭇거리지만

풀잎에 맺혀있는 이슬방울이
아침 햇살에 하늘로 퍼지듯
흘러간 삶 속의 추억도 시공간에 머문다

어느새 이슬은 햇빛에 사그라지고
나의 노고에 보람을 느끼라는 듯
싱그러운 채소들이 빈자리를 채운다

이슬이 없다면 얼마나 삭막할까
말없이 새 희망을 베푸니
인간과 자연은 찬란한 부활을 꿈꾼다.

제목 : 텃밭 추억
시낭송 : 박영애
스마트폰으로 QR 코드를 스캔하면
시낭송을 감상할 수 있습니다.

하루와 하루 사이

까만 시간을 뚫고
어스름이 동트는 새벽
차가운 공기 마시며
노곤한 심신을 위로한다

벌겋게 상기된 얼굴
부어오른 눈꺼풀이
눈부신 아침 햇살로 세수하면

고요함과 평온함이
가슴속으로 스며들고
곤두선 마음마저 온기로 퍼진다

하루와 하루 사이
무수히 많은 생각을
아쉽게 삼키면서도
명상으로 흐른다

유난히 밝은 달빛에
잠 못 드는 밤..

가슴 저렸던 가련한 순간들이
향기롭게 추억한다.

딸기꽃

아내가 심어놓은 딸기 모종
정성스레 가꾼 화분에
하얀 꽃잎 봉긋이 피었다

사랑스럽게 웃는 얼굴이
상큼한 열매로 맺힐 그 모습에
내 마음 홀렸다

가족과 함께
딸기 주스와 잼을 만들 행복이
입가에 웃음꽃 핀다

소소한 쓸쓸이가
행복으로 자랄 수 있다는 것을
딸기꽃이 배시시 웃는다.

사랑스런 그대

사랑스런 그대
널 보면
웃음 행복 넘친다

꿈꾸는 시간 보내고

봄이 막차 타고 떠나기 전에
상큼한 꽃향기 가득
봄 내음 느낀다

너와 함께라면
모든 순간이
꿈결 같다.

영산홍 너를 본다

늦은 밤
부슬부슬 내리는 비에
젖은 영산홍

꽃잎에
살포시 내린 빗방울
떠나버린 임의 눈물처럼 그려진다

영롱한 빛깔 고이 간직하렴..

너를 닮은 그녀에게
못다 한 사랑을
아름드리 전하고 싶다.

독도 새우

속살이 녹아내리는
달큰한 감칠맛의 독도 새우
숯불도 용솟음친다

날렵하고 도도한 자태로
저 먼 심해에 머문다.

시의 맛

겉보기엔 휘황찬란하고
플래시가 터지듯 번쩍번쩍한 언어
3분 안의 즉석요리 아니라 한들
시 한 편이 빛날 수 있으련만

오랜 시간 푹 고인 곰탕 같은
뭉클하게 가슴 저리는
시의 진미를 느끼고 싶다

시간이 흐를수록
곰삭은 새우젓처럼
더욱 깊어지는 시 한 편

말랑말랑한 젤리 찰떡처럼
쫀득쫀득 감칠맛 날까
솜사탕 초콜릿처럼
달콤하게 사르르 녹을까

어린아이 같은 순수한 마음
머릿속에 시의 맛이
눈에 선하게 그려진다

늦겨울 들판에 뿌려둔 두엄이
봄철 어린 모종에 생기를 불어주듯
싱싱한 시 한 편 써 보고 싶다.

쑥개떡

기다리던 봄이 왔다
찹쌀과 야리야리한 쑥으로
쑥개떡 만들 찰지게 반죽한다

그 옛날 추억을 먹고 싶은 것인지
쑥개떡 맛이 궁금하다

철퍼덕! 떡 메치는 소리
길게 뺐다가 깊숙이 들어가면
속이 벌게지고 야들야들해진다

인생 첫 경험은 아프다 하였던가

푹푹 찌르듯
매 순간 가냘프고 쓰라린 기억들
쫀득한 맛으로 사랑받겠지.

출근길 표정

앗, 지각이다
어젯밤 회식으로 파김치 된 육신
세면을 하는 둥 마는 둥 집을 나선다

출근할 때마다
오가는 사람들 얼굴이
스치는 파노라마로 찍힌다

흐리다가 갬, 포근하다가 강추위
산간 지방 눈비 내린다는 기상예보처럼
사람의 표정들이 다채롭다

점심은 무얼 먹을까
회의는 잘 마무리 할 수 있을까
오늘 퇴근은 할 수 있을 건지..

근심 걱정 뒤로 한 채
오늘 하루도 수고했어! 다독이며
또 다른 내일을 향해 어깨를 편다

출퇴근길
밝은 표정들만 봤으면 좋겠다.

2부 여름이 좋다

땡볕에 송골송골

선풍기 바람, 물냉면이 그리워지는..

여름이 좋다

땡볕이 내리쬐는 여름날이 돌아왔다

이마에 송골송골 구슬땀이 맺히고
선풍기 바람이 그리워지는 날
시원한 물냉면도 생각나는
입맛을 돋우는 계절 여름날이다

야들야들한 면을 찬물에 헹구고
냉면 그릇에 한 아름 담아
싱싱한 생채소를 곁들어 후루룩 먹으면
감칠맛이 맴돌 지경인데

시원한 열무김치와
아삭하게 씹히는 백김치
담백하고 개운한 살얼음 냉면 육수가
더위를 즐긴다

여름이 참 좋다
한적하고 나지막한 언덕에 올라
무더위 식히며 안식을 누린다.

칠월 끝자락에서

쨍쨍거리겠다
더디게 흐르던 인고의 세월 속에
환골탈태하는 매미의 계절

한여름을 반기며
은은한 피톤치드가 퍼지는
울창한 숲길에서
햇살에 비친 자화상을 그려본다

지친 환우들을
이십여 년 물리치료사로
정성스레 치유했던 나를 되돌아본다

어느 날 시인이 되었다

어릴 적부터 소망한 열정이
창작의 고뇌마저 초월하여
시 한 편 지어낼 때마다
짜릿한 카타르시스를 느낀다

지천명에 문학의 문턱을 넘어
순금의 언어로 아름드리 채울 외길을
난, 오롯이 걸으련다.

매력적인 그대

투명하고 맑은 마음
시원한 청량함을 느끼고 싶어
정수기 물 한 잔 마셔본다

내 몸 안에 숨 쉬는 그대가 있어
아침마다 상쾌하게 해주고
삶의 의욕에 물결치게 한다

훤히 보이는 그 가슴을
아이스크림처럼 얼려도 보고
진한 커피에 녹여도 본다

때론
얼음장처럼 차갑다가도
용광로처럼 뜨거울 때가 있지만

그 매력 덕분에
여름철엔 시원한 화채를 먹으며
행복한 미소를 짓지 않는가?

장맛비에 젖은 그리움

밤새 비가 내린다
줄기차게 퍼붓는 굵은 장맛비
수심이 더께 지게도 내린다

비구름의 애달픈 사연인지
야속하게도 할퀴며 멀어져 가고

심상치 않은 먹구름이
어느새 뜨거운 햇볕에 줄행랑치다가
차가운 가슴을 또 젖게 한다

보고 싶은 그대 모습
목 놓으면 뒤돌아볼 듯도 한데
하염없이 심금을 울린다

다 하지 못한 그리움이 있어
저토록 흘리는 눈물인지
애달픈 사랑에 미련이 남은 건지

아무렴, 울지 않는 메아리에
그 누가 외칠 수 있을까마는

그대 향한 이내 마음
거센 빗줄기라도 희망의 햇살처럼
고이 간직하련다.

제목 : 장맛비에 젖은 그리움
시낭송 : 박영애
스마트폰으로 QR 코드를 스캔하면
시낭송을 감상할 수 있습니다.

2부 여름이 좋다

꽃잎

청초롬한 연두를 기다리던 봄날
꽃망울 향기를 머금은 채로
흠뻑 그리움에 젖어 있다

그대와 함께하고픈 마음
꽃잎은 한잎 두잎 살갑게 다가서며
가지 말라고 애원한다

보고픈 마음
산행길에 벽계수 시를 읊으며
가락 실을 뽑아 엮듯
메아리 울리는 노랫가락 불러본다

그대 잊지 못한 마음
꽃망울 맺힌 뒷산 노루귀
바람결 따라 꽃가루 흩날리며
맺혀있던 아련함 그새 못 참고 벙그러진다.

쌀밥나무

초여름 무렵 순결한 사랑을
소복이 내린 눈꽃처럼 피었다

흰 눈 같기도 하고
하얀 쌀밥 같은 꽃잎
이름을 몰라 궁금해했던 날
너의 이름 이팝나무를 불러본다

영원한 사랑이라는 꽃말을 가진 너

매일 지나는 산책로에
풍작을 기원하듯 쌀밥 지어놓은 나무
행인들 살포시 바라보는데..

향기로운 꽃내음 날리며
나를 설레게 하는 하얀 미소 짓는다

행복에 찬 그리움
애틋한 널 보며
아련한 추억 속에 잠긴다.

2부 여름이 좋다

능소화

주홍빛 꽃망울
장맛비에 흠뻑 젖은 채

임 향한 그리움인지
덩굴손 담장에 피어있다

얼룩진 세월 속
애타는 가슴을 부여잡은 채
메마른 눈물을 목 놓아 울부짖는다

뜬눈으로 지낸 연민
밤새 아른거리는 그 사랑이
능소화 전설처럼 애절히 흐른다.

둠벙

가만히 귀 기울여 보라
생명의 소리가 들리지 않는가

고요히 머물고 있으면서
생명의 물줄기 흐르는 둠벙은
생명력의 원천이다

꼬리를 흔들며 유영하는
붕어와 송사리
진흙 바닥을 헤집으며
둠벙을 회복시키는 우렁이

생기 넘치는 둠벙
썩을 줄 모르는 생명의 보고다

생명의 소리는
울림을 전하는 詩가 되어
오늘도 귓가에 맴돈다.

등대

한 줄기 등대 빛
애타는 내 가슴이런가
어두운 밤바다를 비춘다

거센 파도가 일렁이는데도
흔들림 없이
외로운 빈자리를 지킨다

만선으로 돌아오는 어부
기쁜 목소리로 반기듯
기다림에 지친 목마른 눈빛을 보낸다

어둠을 밝게 비추는 등대
인생 항해 길의 나침반 되어
선한 빛으로 그리움의 증인이 된다.

시계탑

기나긴 생각이
은은한 빛을 내뿜으며
머릿속에서 날갯짓한다

길게 솟은 가로등을 맴돌다가
그 불빛 속에 숨을듯한
그림자 같은 기억이 서성인다

희미하게 보이는 시계탑에서
아련한 추억이 아우성치는데도
섣부른 오점을 남기지 말자며
빗겨 간 화살처럼 걷는다

인적이 드문 널따랗게 뻗은 밤길
한때의 매력적이던 그 시절 그리며
이 밤도 오롯이
사랑스러운 마음 간직한 채
선한 빛 속으로 생각들이 걸어간다.

제목 : 시계탑
시낭송 : 박순애
스마트폰으로 QR 코드를 스캔하면
시낭송을 감상할 수 있습니다.

수국

탐스러운 고운 미소로
한 아름 핀 수국꽃

찬란하고 수북한 꽃잎
고혹적인 미가 물씬 풍긴다

토양 깊숙이 애가 탔을까
그리움 덩어리를 파묻었나

가슴속 아려있는 애잔함을
잔뿌리에 고이 간직한 채로
멋스럽게도 머금고 있다

나른한 오후
은은한 향기 뿜는 수국꽃이
오늘도 힘내라며 싱글벙글한다

한창 핀 수국꽃
왠지, 바라만 봐도 좋다.

삶의 향로 48

구름

한참 길을 걷다 하늘을 보니
솜사탕이 몽실몽실 피어나듯
뭉게구름이 멀찍이 바라본다

흘러간 추억이
저 너머 재두루미 날갯짓으로
때론, 회오리 형상으로 꾸물거리다가
어느새 연기처럼 사라진다

살다 보니..

스쳐 간 연인들과 함께했던
기억 속의 시간과 추억들이
잊지 못할 저 뭉게구름처럼
가슴에 영원히 남겠지

구름아
우리 인생도 찬란하게 피어오른
오색 무지갯빛 타고 나래를 펴듯
행복하기를 빌어본다.

2부 여름이 좋다

전화

전화가 요동친다
두세 번 울리고 끊어질 만도 한데
고무줄처럼 계속 울린다

누굴 그리 애타게 찾나
따르릉따르릉 재촉하는 듯하여
이내 받으려다 잠시 전화기를 응시한다

궁금한 마음이 들어
나도 모르게 냉큼 수화기 집어 드니
금방이라도 울음이 쏟아질 듯한
울먹이는 목소리가 들려온다

뭐가 그리 서러운 것인지
숨겼던 마음 다 쏟아낸 것인지
조금은 진정된 코맹맹이가 귀엽다

그 푸념 받아주니
기쁨에 가득 찬 목소리로
안부와 다짐을 받고 안녕을 고한다

또다시 전화기는 울릴 것이다.

삶의 향로

마음먹은 데로

꿋꿋한 정신으로
보람찬 삶을 누리고 싶다

한번 멈추면
가고자 했던 굳은 의지가
사라질지 모르니 끝까지 노력하련다

설령, 혼자서는 갈 수 없을 내 인생길에
함께 할 친구가 없을지라도
난 그 길을 가련다.

시기와 질투 나태와 방황을 버리고
세상 중심에 서 있지 않은 그 끝을
꼭 알 수 없는 인생이라지만

내가 가고자 한 이 길이
아무리 멀고 험한 길이라 해도
동행할 수 있는 친구가 그대라면
참, 좋겠다.

바닷가에서

지나온 삶을 회상해보니
시퍼런 바닷물에 어리비치듯하다

이제 와서 세월 탓해 무엇하겠냐마는
오늘 하루를 소중히 여기며
후회 속의 원망을 떨쳐버리련다

몸과 마음이 지친 이들
구병하고 치료하며 지낸 나날들
가슴으로 헤아리니

승진과 야망에 전전긍긍했던
추태를 뒤로 한 채
희망 가득한 미래의 지표로 삼아
권점을 찍어 도약을 바라본다

바다에 투영된 내 모습이
눈처럼 맑은 인생길 걷고 있다 한들
그 뉘가 알아줄까마는

이제부터라도
자만과 만용을 버린 올곧은 사람으로
꽃길 걷듯 삶다운 삶을 누리고 싶다.

인문학 연못

인문학 연못에는
사랑이
숨어있다

가슴이 낭독하는
울림의
시 한 편은

영원히 기억될 시향으로
머릿속에
스며든다.

2부 여름이 좋다

삶의 질량

질량은 가벼울수록 빠르지만
무겁다면 가속도가 붙는다

사방팔방으로 날뛰는 광자처럼
혈기 왕성했던 청춘 시절
짊어질 삶의 무게마저 아랑곳하지 않고
낭만의 속도계만 올렸다

다람쥐 쳇바퀴 돌듯
숨 가쁜 심장박동수 부여잡은 채
사랑의 전자궤도를 맴돌았다

가속도가 붙은 야속한 세월
삶이 버겁다고 애간장만 태울 뿐
좀처럼 채찍을 가할 수는 없었다

삶의 질량이
사랑과 비례치 않을지라도
맹목적인 사랑을 떨쳐 버리고
진정한 사랑을 찾는 인연 속의 굴레

마음은 질량의 무게로 측량할 수 없어
세월의 속도가 화살처럼 빠를지라도
애절한 사랑은 하염없이 흐른다.

2부 여름이 좋다

황용금

일상에 지친 나른한 오후
은은한 향기와 고귀한 자태로
살포시 안부를 묻는다

곧게 뻗은 보드레한 잎새
금빛으로 휘감는 황용금 화분이
내 마음 설레게 하고

절제된 미와 지성을 갖춘
사군자 자태를 선보이며
타의 추종을 부러워할 어여쁨 차지한다

한때는,
야망에 눈먼 이들의 인사치레로
황용금 화분 보낸 기억이 떠오르지만

이젠
소소한 일상으로 돌아가
지친 영혼이 수묵화 그리듯이
지나온 인생의 향기를 추억한다.

삶의 향기

누룽지

그 옛날 어머니가
끓여준
구수한 맛

그 향기 어데 가고
돈 냄새
진동한다

개운치 않은 표정에
가마솥이
웃는다.

3부 가을 단상

산천에 단풍 코스모스가 한들거리고
귀뚜라미 질세라 가을을 노래하는 길목에
숨겨져 있는 아련한 추억이 불거져도

 아, 가을이 좋다.

가을 단상

은은한 원두커피 향
한잔의 여유가 입가에 머무는
달콤한 커피를 마신다

말도 마음도 살찌는 가을
물감을 뿌린듯한 파란 하늘에
쌀싸름한 하루가 담겼다

소리 없이 찾아온 계절
불거질 향기를 여과지에 내리듯
사랑했던 기억을 흘려보니

들녘에 코스모스가 한들거리고
단풍이 붉게 물들어 가니
귀뚜라미 질세라 가을을 노래한다

지나온 잿빛 세월
길목 한쪽에 숨겨져 있는
아련한 향수에 추억이 불거져도
아, 가을이 좋다.

황금빛 들녘에서

가을빛으로 채색된 하늘
눈 부신 햇살이 파도처럼 물결치니
황금빛으로 오곡백과 무르익는다

먼 산 들녘을 바라보는 허수아비
참새 친구를 기다리는 걸까
들판에 홀로된 처연한 신세라지만
그나마 가을빛이 흥겨워 덩실거린다

새벽 찬바람에
그리움이 움실거려 정처 없는데
가냘픈 허리춤에 메라고 푹푹 찔러대듯

찌르르 우는 풀벌레 소리가
왠지 모를 내 편이 되어 줄 것 같은
아련한 추억이 태연스레 웃는다

결실의 행복을 갈망하는 가을 언저리
자연의 순리 따라
알곡이 토실토실 영글어간다.

제목 : 황금빛 들녘에서
시낭송 : 김락호
스마트폰으로 QR 코드를 스캔하면
시낭송을 감상할 수 있습니다.

허수아비

인적이 드문 들녘
고독한
허수아비

쓸쓸히 웃고 있는
허름한
옷매무새

서럽고 애달픈 마음
참새가
감싸준다.

구절초

줄기 끝에 피어오른 숨결
가련한 마음 부둥켜안고
하얀 구절초가 피었습니다

소낙비에 흠씬 젖은 채
맨땅 위에 옹송거리는 몸짓
처량한 눈빛으로
그리움 노래합니다

맑게 개인 날
따스한 햇살 기다리며
움츠렸던 어깨 펴고
감미로운 향기로 가을을 반깁니다

가을바람 타고 임 오는 소식
애타는 마음 간직한 채
구절초는 하염없이 피었습니다.

제목 : 구절초
시낭송 : 박남숙
스마트폰으로 QR 코드를 스캔하면
시낭송을 감상할 수 있습니다.

나팔꽃

새벽이슬 머금은 채
새치름하게 핀 나팔꽃
단아한 미소의 향기가 물씬하다

멍울진 그리움
보랏빛 꽃봉오리에 파묻고
수줍은 듯이 필락 말락 움츠리며
햇살에 고개 떨군다

차라리 햇살에 일광욕이라도 하지
여린 마음 닫은 것처럼
어둠에 휩싸여 살려 하는가

한 치 앞도 알 수 없는 인생살이
덧없이 흘러가 버린 세월 앞에
나팔꽃은 무심한 눈빛으로 쳐다본다

아쉬움을 삼키며
괜스레 뒤돌아본들 무엇하겠냐마는
생의 갈림길에서도 우뚝 선 나팔소리

희망으로 울려 퍼지길 기도한다.

제목 : 나팔꽃
시낭송 : 박영애
스마트폰으로 QR 코드를 스캔하면
시낭송을 감상할 수 있습니다.

3부 가을 단상

꽃무릇

붉은빛 유혹에
꽃대의 그리움이 물들었다

매혹적인 자태
상사화를 맴도는 나비의 춤사위

바람결에 흔들거리는 붉은 영혼
심장을 뜨겁게 짓누른다

그날 밤
상사화에 홀려
잠 못 이루던 나비의 몸짓은
가슴앓이였다.

간월재 억새 평원

그리움 물씬 나는
간월재 평원
억새의 군무가 찬란했다

눈부신 억새 평원
사랑은 산들 하게 흐르고
빛바랜 추억이 그 순간을 회상한다

출렁거리는 은빛 물결
갈 곳을 준비하는 마지막 만찬인가

내년을 기약하려는 늦가을 인사에
연인들 얼굴엔
환한 웃음꽃이 피어오른다.

송이버섯

새벽녘 초승달이 서성일 때
산 중턱에 걸터앉은 달빛에 숨어
밤이슬을 머금었다

하얀 이슬방울에 촉촉하게 젖은
갈색의 솔잎에 소곤거리며
눈처럼 환하게 웃는다

제 몸 아끼지 않는 소나무가
헌신적인 어머니 사랑 같으려나
향기 품은 은혜로움 어찌 헤아릴까

가을 무렵 활짝 기지개 켜고
영롱하고 농후한 솔향 뿜어내며
양기 오른 자태가 명불허전이다

산행에 지칠 때쯤이면
몸과 마음에 활력소 불어주는
그대 만나는 순간은 나의 행운이지

거센 폭우에도 솔잎우산 쓰고

가을의 향기로 찾아온 그대를

내 평생 잊을 수 있을까

서천 홍원항

그물에 걸린 전어와 꽃게들
분주한 어부의 손길
서천 홍원항이 활기차다

가을날
살이 꽉 차오른 꽃게들
한 철 거머쥐는 은빛 전어
서천 홍원항은 풍년이다

통째로 쓱쓱
감칠맛이 감도는 전어회 석쇠 구이
얼큰한 꽃게탕이 입안에 퍼지던
그 맛 잊을 수 없다

오가는 사람들의 웃음소리
넉넉한 손길과 입담이 가득한
서천 홍원항은 사랑이다.

영원할 사랑

가을비가 부슬부슬 낙엽을 적시고
하늘의 눈물이 내 슬픔인 양
하염없이 가슴에서 울컥거린다

얼마나 아팠으면 통곡할까
저러지 못한 어눌함이 맴도는데
빗소리가 내 마음 어루만진다

나의 아픈 마음을 알겠다는 듯
지긋이 바라보시던 부모의 사랑

제 새끼 함함하다는 고슴도치나
생마저 희생하는 가시고기 아비나
어미 소 지독지애랑 다를 바 있을까

언제나 한결같은 은혜로움
보고 또 보고 싶은 자식 사랑일 텐데
난 얼마큼 부모님 사랑했는가

부끄러워 절로 고개 숙이지만
금혼식을 맞은 부모님께
제 진심 어린 사랑을 전합니다.

 제목 : 영원할 사랑
시낭송 : 최명자
스마트폰으로 QR 코드를 스캔하면
시낭송을 감상할 수 있습니다.

그리움

송골송골 빗방울 맺힌 유리창에
임의 얼굴 그려져 있습니다

만져도 보고 뭉클한 가슴 쳐보며
하염없이 내리는 빗방울 바라봅니다

어찌할 바 몰라
창문을 열어 한 움큼 쥔 빗방울
사방으로 흩뿌려도 가슴만 아려집니다

이러는 내 모습 힐끔거리던 먹구름이
실컷 울어버리라는 듯
거센 빗줄기로 보듬어줍니다

가늘게 떨리는 뿌연 내 영혼이
먹구름을 거둔 희뿌연 달빛처럼
모퉁이에 쪼그려 앉아버린 이 마음

한 줄기 희망이 솟구치듯
가슴속에 일렁이는 용광로

빗방울 몽글몽글 맺혀있는

꽃잎에 물어보며

사랑하는 임의 얼굴 생각합니다.

 제목 : 그리움
시낭송 : 박영애
스마트폰으로 QR 코드를 스캔하면
시낭송을 감상할 수 있습니다.

3부 가을 단상

홍시

홍시가 주렁주렁
살며시
미소짓고

가을이 지는 길목
그리움 익어간다

까치와 직박구리가
행복하게
웃는다

추억하니

언덕에 서서 수평선과 하늘을 바라보니 괜스레 눈가엔 이슬 맺히고 입가엔 눈물방울 대롱거린다

초가삼간 오두막 같은 공간에서 하나 되어 알콩달콩 지냈건만 시련과 고난의 연속이었어

그땐 어쩔 수 없었지만, 사랑 없인 뾰족한 탈출구가 없었길래 안타까운 탄식과 애처로운 눈빛으로 몇 날 며칠 지새웠었어

가슴과 심장이 철렁거린 순간 미꾸라지가 한순간 어망 빠져나가듯 재물과 꿈은 내 것이 아니었지

허망한 삶과 괴롭던 심정이 호주머니 속에 가득 찼던 시절엔 눈물 젖은 라면을 삼킨 적도 있었어

세월이 흐른 후에야 내 삶의 이정표처럼 다졌던 그땐, 정말 우울했었지만

이젠 그마저 삶의 여건이 되어 미소를 짓을 수 있어 행복할지라도 그때의 일로 가끔 눈물이 흐른다.

인생 풀이

청 푸른 마루와 피톤치드 물씬한
가늘게 뻗은 산길을 걷다 보니
암막 커튼 치던 시절이 떠오른다

소망도 기약도 없는 슬픈 삶
빵 쪼가리에 물 한잔 때우던 자취방
쓸개 간은 쉴 틈 없이 푸석거렸고

춥고 배고파도 갈 곳 없이
생파 씹는 듯한 고달픈 나날들
참담한 기억을 삼켜야 했던 세월이었다

희비가 교차하는 그 옛날
미래가 가려진 그 삶의 끝자락이라도 잡고 싶어
고독한 껌을 씹은 채로
듣는 이 없는 인생 노래를 불렀다

정답 없이 흘러가는 여정
시 한 구절 읽고 쓰면서
인생 풀이 찾는다.

포장마차에서

밤늦은 포장마차
인생의
희로애락

닭똥집 매운 족발
불끈 달아오른
입술

희멀건 동태눈깔이
날 빤히
쳐다본다

산책로에서

애처로운 그리움
스쳐 지나가는 가을 끝자락
음유시인은 아름다운 시향에 머무른다

갈바람에 서걱거리는
마른 잎새 가지를 바라보며
감성 충만한 인생길을 걷는다

내가 걷는 이 길이 빛나기를 바라며..

음유시인은
피톤치드 향 가득한 산책로에서
또 다른 길을 찾아 나선다.

시

시는
시공간을 초월한 내면의 접목이며

초자연적인 수많은 소재들
이상과 발상을 승화시킨 표출로
감동, 여운 맴돌게끔

문학을 지피는 것이다.

남자의 하루

남자는 속이 꽤 깊다
겉보기에 무뚝뚝하게 보이지만
정오가 가까워지면 깊은 사색에 잠긴다

주관이 뚜렷한 남자는
이성이 허락한 범주 안에서
일정한 반복적인 규칙으로
소소한 일상을 보낸다

오늘 그 남자에게
무슨 일이 일어났을까

주위가 일순 정적이 흐르고
잠자고 있는 이성의 눈꺼풀이 떠질 시간
갑자기 그 남자의 하루가 궁금해진다.

4부 겨울 덕유산에서

눈꽃이 핀 덕유산 약수터에
고드름과 시원한 물맛이 아련한 잔상으로 흐르지만,

그땐 잿빛 가슴엔 고달픔 한가득이었다.

겨울 덕유산에서

눈꽃이 핀 덕유산 약수터에
고드름과 시원한 물맛이
아련한 잔상으로 흐르지만

그물에 갇힌 듯한 한 많은 인생
내면 깊숙한 떨림의 울분을
어디에 하소연할까

갈기갈기 찢긴 마음을
지우개로 지우고 싶은 기억들..

눈꽃은 하얀 마음으로 나를 보건만

아직,
내 가슴속 잿빛으로 남은
고달팠던 그 기억을 토해낸다.

고구마

숨어있던 싹이 덩이뿌리에서 자라
사방으로 줄기를 뻗더니
여름날 무렵엔 자색의 알갱이가
땅속을 비집고 여물어간다

거친 산기슭 메마른 땅에서도
가지각색의 자태로 주렁주렁 열리면
멧돼지와 들쥐가 잔치를 준비한다

사람과 동물, 공존의 시간은 흘러..

어머니가 보내주신 호박고구마
온 가족 둘러앉아 이야기꽃 피우는
달콤한 웃음소리에 행복하다

인고의 시간을 견디며
줄기와 넝쿨 뿌리에서 알맹이로
어디 하나 내버릴 것 없는 고구마

사시사철의 별미
그 추억들이 가득하다.

섣달 납매화

눈으로 뒤덮인 추운 겨울날
매화 같은 고결함을 고이 간직한 채
음력 섣달에 한 송이 꽃을 피운다

그윽한 향을 머금은 납매화
수줍게 고개 드는 올곧은 마음으로
희망찬 내일을 노래한다

섣달 마지막 날
납매화는 다가올 봄 기다리며
새로운 시작을 꿈꾼다.

해는 지고

주홍빛으로 물든 하늘
수평선에 떠 있는 붉은 해 바라본다

유화로 채색된 한 폭의 그림처럼
구름 사이로 홍조 띤 얼굴을 내민다

잿빛 가루처럼 어둑해진
땅거미 내려앉은 자리에
그리움이 흐르고

하루가 저무는 시간
잔잔히 부서지는 파도 소리에
아련한 추억은 허공에 맴돈다

희망에 찬 행복 노래하며
오늘도 감사한 마음으로
깊은 명상에 잠긴다.

석양

하얀 물감이 풀어진 구름들
흘러간 세월을 한탄하며
멀찍이 서 있는 하늘을 쳐다보니
어슴푸레한 기억이 떠오른다

야속한 세월 많이 흐른 탓일까

허공에 추억이 맴돌아
명상을 하면서도 그리움을 노래한다

멍한 눈동자에
슬픔이 그렁그렁 배어있고
산등성이 걸터앉았던 붉은 해가 지면
깊은 내면의 소리마저 침묵한다

햇빛 사그라지면 주인 없는 어둠처럼

산 자는
영혼 없는 육체가 되어
여명의 빈자리 찾아 서성이며
갈 곳 잃은 나그네 된다.

삶의 항로

수런거리는 파도가 부서지고
물보라 하얀 꽃이 향연을 펼치니
무수한 생각들이 버선발로 달려온다

숱한 세월 속
이루고자 했던 소망은 수면에서 헤엄치고
냉가슴처럼 얼어붙은 인생은
덩그러니 나뒹구는 조가비 같다

다람쥐 쳇바퀴 돌다 멈춰버린 의욕과
갈림길 없는 미궁에 갇혀버린 미래는
정처 없이 길을 헤맨다

한 줄기 빛 따라 연기처럼 피어날 순 없을까

진실한 나의 삶의 항로
깊은 침묵 속에서도 기도하며
선한 길을 찾아 나선다.

제목 : 삶의 항로
시낭송 : 박영애
스마트폰으로 QR 코드를 스캔하면
시낭송을 감상할 수 있습니다.

쌓아진 것에

머릿속 평온함을 찾아
충혈된 눈을 비빈 새벽녘
남도 여행길 진도 여귀산을 오른다

한적한 등산로
돌무더기들 곁의 시비 글귀가
발걸음 멈추게 한다

무심코
쌓아진 돌덩이 어루만지면서
제멋대로 흘러간 세월을 가늠하며
그리운 추억 하나 얹어본다

사별한 정을 못 잊어 쌓았을 테고
우문현답 찾으려 돌멩이 하나씩 쌓고 쌓아
무수한 기억을 추억했을까

하산 길에
마음 가는 돌을 주워
톱니바퀴 맞물리듯 한 삶의 무게에
희망을 품으며 소원을 얹었다.

인생을 소설같이

삶을 살아오면서 우리가 느끼는
정의와 가치 공존 통계 수치나 숫자놀음에
무엇이 진실, 거짓인지 혼란스럽다

우연과 필연의 수식어로
은밀히 다가온 절망이라는 암 덩어리를
고양이에 덥석 던져놓고 가버린다

역경은 소설같이 스쳐 간다지만
그 누구도 동의하는 자 없고
물 흐르듯이 인생은 흘러가지 않는다

불현듯 짜릿한 삶은 아닐지언정
마치 비둘기 사체 깃털 밟은 느낌처럼
인생살이가 그리 명쾌하지 않다

현실은 백 세 만기 생명보험
미래는 미세먼지 같은 설핏한 희망
한 줄기 빛 바라보며 살아간다

인생은 소설같이 흘러간다.

눈물 젖은 빵

무심하게 비 내리는 해거름 녘
호랑지빠귀가 마치 심장 후벼파듯
지저귀는 울음소리 요란하다

모자 뒤집어쓴 채 정자에 누워
가랑비 장단 맞춰 연신 하품하며
일상의 고단함을 잊는 순간

잎새에 흐르던 초록 빗방울이
내 맘 아는 듯 산들산들 바람처럼
한 줄기의 소망으로 가슴 적신다

그대,
눈물 젖은 빵을 먹어본 적 있는가

남들은 뿌린 대로 거둔다는데
내 인생 순리대로 흘러가지 않고
된바람으로 싸대기 맞은 듯
봉지 안 공기를 쥐어짜는 하루가 간다

욕심과 낙심마저 허망으로 사그라져도

오늘도 어김없이 깊숙한 머릿속에

또 다른 졸음이 몰려온다.

세월

거친 파도가 휘몰아치는 세월
뜨거운 눈물이 대답한다

갈피 잃은 세상을
무심코 바라본 밤하늘
희미한 달무리가
내 마음 어루만진다

폭포수 같은 서러움이 마르지 않던 세월
그래도 삶의 씨앗이 싹트고
꽃망울처럼 인생 활짝 피어오르는 날

내 정녕 돌아오리라.

아직 청춘이건만

이른 새벽녘
지인의 부고 소식에
어수선한 슬픔이 빗물처럼 흘렀다

물 한 잔 마시며
새파랗게 놀란 가슴 쓸어내려도
종일 진정은커녕 답답하였다

며칠 전만 해도 웃던 얼굴인데
이젠 볼 수 없다는 안타까움에
깊은 한숨만 몰아쉬고

그대 투명하고 올곧은 인품
강인하면서도 청아한 눈빛
희생정신이 투철했던 그 삶의 기억에
만감이 교차한다

허망하고 서글픈 인생이여
어스름한 달빛 맞으며
밤새 뜬눈으로 지새우며

외롭게 가시는 길
삼가 고인의 명복을 빕니다.

시를 쓰다

여행하거나 일상생활에서
문득 떠오른 발상을 수첩에 메모하여
그림을 그리듯 맘껏 긁적여본다

생각한 대로 길게 늘여도 보고
짧게 간추리면서 옷매무새 고르듯
글 한 편을 써 내린다

그러다 앞뒤 문맥이 어색해지고
부연 설명이 장황하게 늘어지면
또다시 고뇌 속에 눈살찌푸리지만

큰 숨 들이켜고 내뱉는 명상으로
자연스러운 시냇물 같은 글 흐름을 찾아
무딘 감성을 세워 퇴고를 거듭한다

내 맘 같지 않은 창작의 고통

"삶은 고쳐 쓸 수 없어도

글은 퇴고로 다듬을 수 있다. "를 되새기며

고뇌 속의 생각을 집약한다

나와 모든 이의 인생을 담은 글

독자에게 깊은 울림과 여운 주는

시 한 편은 꼭 쓰고 싶다.

코로나바이러스

코로나 여파인가
매일 같이 마스크부터 찾는다

확진자와 사망자 소식에
수심 가득한 얼굴엔
불안한 심리와 피폐한 생활이 엿보인다

거리마다 적막이 흐르고
바이러스 감염경로는 재난 영화처럼
불안한 그림자가 설쳐댄다

갈팡질팡하는
영혼의 나그네들아
해괴한 세균 때문에 마스크 착용이
어느새 세계적 유행처럼 퍼지는데

망자는 말이 없고
유가족은 말 못 할 슬픔에 잠기는 시절
희망의 빛이 보여야 할 텐데
갈수록 태산이로다

삶의 향로

암흑 속에서 헤매는 듯한

이 고통이 하루빨리 사라지기를

내 마음 모아 간절히 기도한다.

지난 추억

어둠이 짙게 내려앉은 초겨울날
매서운 찬 바람에
지나간 추억이 허공 속에 맴돈다

밤하늘 추적추적 내리는 빗물
마지막 잎새를 스산하게 적시고
가로등 불빛이 고인 웅덩이에 비친
앙상한 가지가 홀로 슬프다

피맺힌 얼음장 같은 이내 가슴
차가운 냉수 한 사발 들이키면
막힌 듯한 속이 후련하려나

내가 선택한 나의 삶이지만
조각조각 나버린 허무가
반술 한잔에 퍼즐 맞추듯 엮어간다

지난 추억을 파도에 파묻고
찬란한 인생길 호랑나비 팔락거리듯
내일을 꿈꾸는 봄날을 기다린다.

삶의향로   96

어머니의 연주

삶의 애환이 담긴
손풍금 주름진 바람통에서
감미로운 멜로디가 흐른다

지난 세월이 스치듯
잿빛 시간은 사그라졌으나
어머니 열정이 탱고 리듬에
용광로처럼 타오른다

때로는
소녀 같은 야리야리한 감성으로
음악을 사랑한 어머니

아름다운 추억이 깃든
어머니의 아코디언 소리는
삶의 여정 가운데
심금을 애달프게 울린다.

제목 : 어머니의 연주
시낭송 : 박영애
스마트폰으로 QR 코드를 스캔하면
시낭송을 감상할 수 있습니다.

마라톤 인생

42.195km 마라톤 인생
수만 길을 걷고 달려온
아버지의 기나긴 여정 인생

조용히 눈을 감고
아버지의 삶을 회상합니다

아버지는 진실한 땀방울을
얼굴에 흠씬 젖은 채
육상 선수와 지도자 감독으로
열정을 쏟으셨습니다

회한이 서린 나날들
용광로처럼 불태웠던 젊음은
세월의 뒤안길에서 머뭇거리지만

긴 세월 모진 비바람 속
한 자리를 굳건히 지키는 고목처럼
내 곁에서 위로를 건네시는 아버지

흰 눈 쌓인 동백꽃의 진한 꽃내음
삶 속에 온전히 고이 간직한 채
인생의 반환점을 통과한 아버지 여정
사랑하는 아버지를 응원합니다.

제목 : 마라톤 인생
시낭송 : 박영애
스마트폰으로 QR 코드를 스캔하면
시낭송을 감상할 수 있습니다.

자율 주행 자동차

인적이 드문 황량한 도로
내비게이션에 검은색 좌표가 깜박인다

큼지막한 물체
무인 자율 주행 자동차가
스마트폰 예약 시간에 맞춰
카메라로 인식하며 다가온다

다소 냉랭하고 무미건조한 목소리로
"목적지를 말씀하세요"
옹알이하듯 스피커에서 내뱉는다

혜성처럼 나타나
길을 알리는 기계 덩어리
자세히 뜯어보면 쓸모 있으려나

얽히고설킨 인생의 목적지
그곳이 어딘지 모르지만

덩치만 산만 한 녀석아
길 잃지 않게 그 좌표에
나 좀 안내해 주렴.

인공지능 알파 詩

탁월한 언어지능 알파 詩
광대한 발상 치밀한 분석의 표현
철옹성 같던 문학세계를 넘나든다

자연과 교감한 감수성으로
창작의 고통을 승화시키는 시인과
시 대국의 서막에 올랐다

문장을 자동 입력하고
정해진 경로 따라 직진하는 알파 詩
인생의 실패를 모르는
고철 덩어리에 불과하다

때론 길을 헤매고
나약해 보이는 인간이지만
세월의 아픔과 모진 고난에
눈물 씨앗 심어서라도 꽃을 피운다

정제된 언어로 애환을 충전하여
번뜩이는 찰나의 묘수보다는
감동과 여운이 푹푹 찌를

정수(正手)로 맞서 끝내 이기리라.

제목 : 인공지능 알파 詩
시낭송 : 박영애
스마트폰으로 QR 코드를 스캔하면
시낭송을 감상할 수 있습니다.

4부 겨울 덕유산에서

드론 택시

잠시 후 드론 택시가 도착합니다

도시 드론 포트에서
홍채인식으로 자동결재하시고
음성인식으로 도착지를 말씀하세요

무선 헤드셋으로 음악 감상하시고
동승자와 안전벨트 하세요
다음에 이용하실 때는
스마트폰으로 예약하세요

저희 드론 택시를
이용해 주셔서 감사합니다

도착지까지 편안한 시간 보내세요.

말뭉치

인공지능과 인간의 언어
환상의 교향곡으로
행운의 말뭉치 언어를 연주한다

수많은 단어와 문장들이 모여
언어 빅데이터를 이룬 말뭉치
화톳불 詩 되어
꽁꽁 얼어붙은 심장을 녹인다

매섭게 부는 강추위
사르르 녹이는 말뭉치

인공지능과 절정의 화음으로
희망에 찬 노래 부르며
찬란한 미래 꿈꾼다.

4부 겨울 덕유산에서

철새

창공을 향해
날개를 퍼덕이는 철새야

감추어진 세상을 구경하는가
가슴에 담아둔 편지를 전하는가

빠른 세월 속 느림의 미학도 있다지만

마음을 다한 나의 갈급함
사랑하는 임에게 전해주오.

5부 데칼로그

거룩한 십계명 신성한 땅 시내 산에
언약의 말씀이 새겨진다.

데칼로그

거룩한 십계명
신성한 땅 시내 산에
언약의 말씀이 새겨진다

채찍질 같은 삶의 시련
고난의 순간을
신앙의 돌판에 온전히 새기며
광야 같은 세상에 홀로 섰다

힘없이 바람결에 흔들리는 영혼
질그릇같이 연약한 인간

불타오르는 떨기나무에서
흘러나오는 세미한 음성
거룩함과 성결한 마음으로
신의 목소리에 귀 기울인다

탐욕스러운 마음 버리고
언약궤 말씀 마음속에 새기며
쉬지 않고 기도하는 삶 살고 싶다.

제목 : 데칼로그
시낭송 : 박영애
스마트폰으로 QR 코드를 스캔하면
시낭송을 감상할 수 있습니다.

십자가를 바라보며

십자가에 보혈 흘리신 예수 그리스도
고난의 예표 깊이 묵상하며
주님을 생각합니다

십자가를 지고
"나를 따르라" 말씀하신 예수님
일희일비하는 일상 속에
십자가를 바라보며 기도합니다

매 순간 성령의 불이 뜨겁게 타올라
주님의 임재 가운데
신실한 약속 기다립니다

절망과 좌절 가운데
우리가 주를 보았노라 고백하며
부활의 기쁨 전합니다

오늘도 십자가를 바라보며
주님만을 의지합니다.

사순절

십자가 보혈의 피
그 사랑
끝이 없네

참되신 그리스도
날 위해
죽으셨네

골고다 고난의 여정
순종하며
따르리

호롱불이 꺼질 때

호롱불이 꺼질 때
고달픈 영혼 내려놓고
암흑 속 주님 말씀 기도합니다

빛이 있으라 말씀하신 삼위일체 하나님
어둠은 사라지고
온 세상 환히 밝아집니다

힘들고 낙심될 때
내게 주신 은혜 감사하며
매 순간 주님 찬송합니다.

베드로 고백

거센 비바람과
물결이 요동치는 바다 위를
겁도 없이 두 발로 걸었다

새벽닭이 울기 전
미천한 입으로 거짓을 내뱉으며
진실한 사랑을 갈구했다

값진 소망은 내 버려두고
썩어 문드러진 몸 부여잡고
참회하며 눈물을 흘렸다

정녕 잊을 수 없던
그날에 행해졌던 추악함

생명의 말씀은 온데간데없고
불쌍히 여김을 바라는 심정으로
무릎 꿇고 기도한다

나의 진실한 고백이

가히 순결하다 할 수 없으니

속죄의 골짜기 후미진 곳으로

부디 나를 데려다주오.

5부 데칼로그

용서

죄 가운데 잉태한 몸
숨김없이 죄를 토설하오니
나를 긍휼히 여기소서

진액이 빠져있는 메마른 육신
초췌한 몰골로 눈물의 골짜기에서
진실한 고백으로 용서를 구하오니
나를 불쌍히 여기소서

정결한 우슬초로
감추인 허물을 말갛게 씻기시어
순전하다 하실 때까지
의로운 제사와 온전한 번제를 드립니다

아버지여, 저들을 사하여 주옵소서
십자가 가상칠언을 곱씹으며
입은 옷을 찢으며 울부짖사오니

믿음의 주춧돌에서
인자하신 주님의 사랑을 나타내소서
예수님의 이름으로 기도합니다. 아멘.

물두멍

하늘로 피어오르는 향기로운 향으로
새벽 제단을 사르며
오늘 하루를 시작합니다

정결케 하는 물두멍을 생각하며
온전한 마음으로
생명의 속전(續戰)을 드립니다

네가 어디 있느냐 부르시며
일상 속 삶에 임재하셔서
은혜 베푸시는 주님

십자가 보혈 흘리신 예수 그리스도
거룩한 신앙을 고백하며
매 순간 성화합니다

물두멍 물을 매일 씻으며
영적 스티그마(stigma) 가슴에 새기고
천국 소망하며 하루를 마칩니다.

5부 데칼로그

광야

소쩍새처럼 처량하게 울고 싶은
모질고 거친 광야 같은 세상
줄기차게 퍼붓는 장맛비처럼
수심이 더께 지게도 내립니다

가식적인 마음과 교만한 고집덩어리
얽히고설킨 욕망의 민낯을 보일지라도

은혜로운 단비를 밭고랑에 내려
근심이 기쁨 되게 하신 주님
사랑이 온전히 담긴
만나와 메추리를 감사히 먹습니다

출애굽 모세처럼
순전하고 진실하게
하나님께 머무는 삶 소망합니다.

대림절을 기다리며

육신 입고 이 땅에 오신 예수 그리스도

촛불이 타오를수록
감사와 평화, 사랑과 은총
내 마음속 가득하다

동방박사 황금 유향 몰약
마음을 다하여 주께 드리고
이웃에게 그리스도 향기 나눠주며
영생의 기쁨 온 세상 전파하리라

"지극히 높은 곳에서는 하나님께 영광이요
땅에서는 하나님이 기뻐하신 사람들 중에 평화로다"

곧 오시리 임마누엘 메시아영원히 찬송하리라.

좁은 문

여명이 걷히지 않은 겨울날 절벽을 기어오르는 심정으로
웅크린 마음 부여잡고 출항을 앞둔 연락선 기다린다 사나
운 파도가 가슴에 요동치고 갈매기는 내 마음 알 리 없다
지만 몸부림치던 갈망 허공에 날리며 파도 물결에 얼굴 파
묻는다.

한순간 하얀 잿더미로 변해버린 욕망과 탐욕에 올무 걸린
듯한 선과 악 돌 던질 자 어디 있을까마는 연기 같은 기억
부질없이 털어버리고 험한 인생 여정 좁은 문으로 들어간
다.

삶

애달파 한다고 하여
사랑이
찾아드나

힘든 삶 원망한들
행복이
미소짓나

그렇게 흘러가는 게
인생이
아니더냐

동행

다채로운 빛깔로 물들인
꽃과 나무가 어우러진 호수공원
윤슬이 내려앉아
참, 아름다웠다

사랑하는 임과
측백나무가 숨 쉬는 길을
도란도란 산책하였다

분수대에서 들려오는
감미로운 음률에 흠뻑 젖은 우린
행인들 아랑곳없이 탄성을 질렀다

간간이 울려 퍼지는 기타 음률은
해 질 녘 노을의 경관답게
감성을 충만하게 하는
호수공원

동행의 행복을 느끼던 중

호숫가 저편에
서 있는 나무가 물속에서 손짓하듯
내 마음 은은한 가로등 불빛처럼
임께 환하게 비춰주고 싶다.

열정

가슴이 설레면서
열정에
콩닥거릴

인생이 아름다울
인연에 감사하며

일출에 희망을 다져
노을처럼
태우리

말갛게 씻기고

덩그렁 덩그렁 요란한 동전 소리
동전 투입구에다
오백 원 일곱 개를 주입한다

흐린 날씨 탓에
한 뭉텅이 빨랫감을 짊어지고
빨래방에 들렸다

한 시간 남짓
모질게 구겨진 마음과
육신을 휘감고 있던 옷들이
통 안에서 빙글빙글 돌고 있다

요란한 동전 일곱 개에
보송보송 솜털같이
부드러워진 뭉텅이 옷들

말갛게 씻긴 나의 육신
따사로운 햇볕에
표백이라도 하려는 듯
마지막 남은 동전을 집어넣는다.

평화의 촛불

참 평화 되신 구주 예수님

죄악과 혼돈이 가득하고
어둠으로 갇힌 세상
두 손 모아 예수님을 기다리며
평화의 촛불을 밝힙니다

기쁨과 사랑이 충만한 대림절
항상 기뻐하라 쉬지 말고 기도하라
범사에 감사하라 말씀 되새기며
대림절 촛불을 바라봅니다

우리의 소망 되시는 주님
주님의 발자취를 따라
거룩함으로 은혜 누립니다.

기도

도돌이표처럼 되풀이되는 일상
빚진 자의 심정으로
두 손 모아 기도한다

세상을 이기는 승리는
참 신앙의 믿음뿐인 것을..

모든 문을 열 수 있는 만능열쇠처럼
절대권력 신이 된 것 마냥
큰소리치며 세상을 허우적거린다

살얼음판을 걷는 듯
불확실한 미래와 위험한 고비 순간
십자가 사랑 기억하며
생명의 면류관을 끝내 얻으리라.

오병이어

다섯 개의 떡과 두 마리 물고기
오병이어 기적 현장
소중한 작은 헌신이
말씀의 능력으로 갈급함을 채운다

기적을 바라는 것은 시대적 착오인가

신성한 예표를 망각하고
혼돈의 세상에서 갈팡질팡한다

물이 포도주로 변한
가나안 혼인 잔치처럼
풍요로운 은총을 누리며
천상 잔치 기적의 기쁨을 나눈다.

바벨탑

욕망의 상징 바벨탑
야심과 겸손의 경계 끝자락에

위로받지 못한 응어리진 마음이
거센 비바람에 휘청거리고
새벽 적막감에 회한의 한숨을 토해낸다

화톳불처럼 뜨겁게 타올랐던
흘러간 기억 조각들
하얀 잿더미로 사라진
허송세월을 돌이킬 순 없을까

여러 갈래로
흩어지고 쪼개진 바벨탑 언어의 저주인가
짐승 같은 어둠이 휘몰아치고
무지개 언약을 저버린 대가를 치른다

내게 주신
일용할 양식을 천천히 곱씹으며
인생의 솟대를 높이 세운다.

자족하는 삶

벌거벗은 몸으로 이 땅 위에 왔다. 추레한 모습 무일푼으로 시작한 인생 가증스러운 선웃음이 절로 나온다. 아쉬워할 것이 있으려나 스스로 자족하는 삶이 그리도 힘든가! 한 서린 인생역정 매 순간이 일희일비하다. 좁은 문으로 들어가는 고난의 여정 소태같이 쓰디쓴 인생이라고 적고, 자족이라고 읽는다.

그 누가 알아주는 이 없을지언정 하루하루 감사하며 우직한 소처럼 앞으로 나가리라.

제야의 종소리

쨍쨍한 계절이 지나고
곱던 낙엽은 겨울 문턱에 서성거리더니
앙상한 가지에 꿈을 숨기고 간다

앞산에 고운 잎 졌다고 아쉬워 마라
뜨거웠던 여름날의 열정처럼
다시 시작하면 그만인 것을
가을 앓이는 노을빛 속으로 흘려보내자

5월의 여왕만큼 아름답고 뭉클한
겨울 문지기 11월 장미도
연분홍 고운 자태로 겨울을 반기거늘

풍요로웠던 황금 들녘 회상하며
찬란한 기억으로 남을
제야의 종소리를 들어보자

봄 사랑이 오는 소리
새 세상을 반기는 희망의 소리를…

제목 : 제야의 종소리
시낭송 : 박영애
스마트폰으로 QR 코드를 스캔하면
시낭송을 감상할 수 있습니다.

5부 데칼로그

삶의 항로

이정원 시집

2021년 5월 6일 초판 1쇄
2021년 5월 10일 발행
지 은 이 : 이정원
펴 낸 이 : 김락호
캘리그라피스트 : 김미숙
디자인 편집 : 이은희
기 획 : 시사랑음악사랑
연 락 처 : 1899-1341
홈페이지 주소 : www.poemmusic.net
E-Mail : poemarts@hanmail.net

정가 : 10,000원
ISBN : 979-11-6284-278-2